I0456405

Testosterona

Guillermo Jiménez

Copyright © 2017 Guillermo Jiménez Cantón

Copyright portada © 2017 Marta Heras

Todos los derechos reservados.

ISBN: 8469740415
ISBN13: 978-8469740415 (Guillermo Jiménez Cantón)

*Para Gabriella,
sin ti jamás me habría
planteado autopublicar*

MILA
1. COMPAÑEROS

El Kahuna es, y siempre ha sido, un bar de polis. Pero aquella noche la terraza estaba relativamente vacía de policías y bastante llena de turistas. Era fácil distinguirlos, con sus cabellos de colores. Lo que normalmente sería una marea de azules y violetas, se convertía en un castaño por allí, una verde allá, una amarilla en la otra mesa… El pobre camarero no daba abasto.

Por fin trajo las bebidas a nuestra mesa. Un whisky bien cargado para Anna, un cóctel de frutas sin alcohol para Mahui, una cerveza para Bernard y un Deep Blue para mí. Mis compañeros de patrulla no tardaron en dar un trago a sus bebidas mientras a mí se me perdía la mirada en las pequeñas palmeras y en el reflejo de las antorchas tradicionales sobre el suelo de madera. El movimiento del camarero atrajo mi atención hasta una mesa de turistas. Sirvió unos cócteles en unos vasos con forma de volcanes y figuritas tribales. Una camarera nueva atrapó mi mirada con su falda de hojas y su collar de flores. ¿El Kahuna siempre había sido tan estereotípicamente isleño?

Un enorme tipo rojo entró como si estuviese cabreado como el mundo y se dirigió directo hacia la barra. Yo no había sido la única en quedarme embobada con él, todo el bar había enmudecido ante su aparición. No era para menos. Su melena recogida en una coleta alta, su barba espesa, y hasta el vello de sus brazos, eran de un rojo escarlata que no dejaba lugar a dudas. Los parroquianos habituales fruncieron el ceño, los turistas cuchichearon. Todos nos preguntábamos qué pintaba un rojo en un sitio tan decente.

Pero como ya he dicho, era un bar de polis. Él llevaba el brazalete pilomántico medio escondido en la manga corta de la camisa y una pistola bajo la axila. Tenía la placa enganchada en el cinturón. El hombre rojo echó la vista atrás y chasqueó la lengua con una marcada expresión de fastidio.

Otra chispa rojiza devolvió mi atención a la mesa.

—Anna.

—¿Qué? —me preguntó ella, con el cigarrillo en los dedos.

—Aquí no se puede fumar.

La forzuda de pelo burdeos torció el gesto. Era el doble de grande que yo, y siempre parecía a punto de soltarle un guantazo a alguien.

—¿Desde cuándo? —me espetó de mala manera.

Todavía no terminaba de acostumbrarme a sus formas. Pero claro, no podía culparla. Había nacido roja.

—Desde la última normativa del ayuntamiento —le dijo Mahui. Él era mucho más razonable y fácil de tratar. Igual que yo, había nacido azul, pero como le pasaba a la mayoría de policías, su pelo se había vuelto añil—. Prohibido fumar en establecimientos.

—¡Pero si estamos al aire libre!

—Apágalo.

Anna me bufó y apagó el cigarrillo contra la mesa de madera.

—¿No os parece un poco estúpido que no podamos fumar en una terraza? —preguntó Bernard tras darle un trago a su cerveza. A su manera, me hacía gracia. Era el prototipo de policía isleño: Violeta, un poco menos en forma de lo que debería, y apasionado de los donuts. Hasta llevaba una camisa con estampados de flores tropicales, como el rojo de la barra.

—Hay gente a la que le molesta el humo.

Anna le dedicó una mirada de desprecio a Mahui por el comentario. A mí me parecía un poco idiota que no dejasen fumar en un sitio que se iluminaba con antorchas, pero como yo no fumaba, me daba absolutamente igual. Anna volvió a su whisky y se estiró en la silla.

—Eh, ¿ese no es el nuevo?

Los cuatro dirigimos la mirada hacia el de la barra. Estaba como encogido, el taburete le quedaba pequeño. Era enorme. Parecía un oso.

—¿Quién?

—Mira, mira, si es pilomante. ¿Por qué no se habrá dejado la pipa en el coche?

—He oído hablar de él. Le llaman Calientamanos, o algo así.

—Pues está de muerte —dije yo—. Es una pena.

—Eh, jefa, ¿alguna vez te lo has hecho con un rojo? —me preguntó Anna.

—Todavía no he tenido el gusto.

—Pues dan unos meneos… Uf, de los buenos, buenos. De los de no salir de la cama en una semana.

Tentador, muy tentador. Volví a echarle un vistazo.

—¿Podríamos no hablar de estas cosas? —pidió Mahui—. Un poco de decencia, por favor.

—Ya salió el remilgado —dijo Bernard con una risa.

Yo me quedé mirando al hombre. No escondí mi sonrisa. La verdad es que llevaba bastante tiempo sin nadie que me calentase la cama. Eché un trago largo al Deep Blue y me retoqué un poco el pelo. Era mi mejor baza, tan profundo y azul como el cóctel. Incluso más.

—Hija de puta, cómo se me adelanta —dijo Anna mientras yo me acercaba a la barra.

Me senté a su lado, sin demasiada confianza en mi aspecto físico. Acabábamos de salir de servicio, así que me faltaba una ducha y todavía tenía puesta una camiseta sencilla sin escote. Tampoco es que tuviera mucho que enseñar, aparte de mi sensual bronceado sin líneas de bañador.

—Hola. No nos conocemos, soy Mila Kiwua, capitana de la brigada pilomántica. —El hombre estrechó mi mano con más educación y menos fuerza de la que me esperaba. Su ceja alzada me dio a entender que no era totalmente bienvenida—. ¿Cómo te llamas?

—Aleksei. Aleksei Pukuipelekawahine. —Bajó la mirada hacia su copa vacía y soltó un suspiro de pura exasperación—. Parquímetros.

—Definitivamente eres el nuevo. A esta ronda invito yo. ¡Oye, una ronda aquí! ¿Cuánto llevas en el cuerpo?

Aleksei se encogió de hombros. Me di cuenta de que unos pocos mechones blancos se escondían tímidamente entre su mata de pelo escarlata. Era muy intensa. Intenté no pensar demasiado en las palabras de Anna.

—Un par de semanas.

—¿Y cómo es que llevas brazalete y pistola para poner multas?

—Tengo ronda en… los barrios de los rojos, como los llamáis vosotros —dijo con gruñido que me hizo sentirme un poco culpable—. Gracias por la copa.

—Es un placer. Háblame un poco de ti. ¿No es un poco excesivo que pongan a un pilomante tan —¿macizo? ¿fuerte? Por favor, Mila, un poco de sutileza, que tampoco estás desesperada—… tan bien entrenado, a hacer la ronda?

Se bebió el vaso de un trago. Ni me di cuenta de lo que se había echado, pero debía ser muy fuerte para la exhalación que le arrancó. Me contuve para no morderme el labio de manera tan indiscreta, pero fue difícil. Era enorme, y tan peludo… Los azules y añiles no llegaban ni a tener pelusilla, pero su barba era espesa… ¿Cómo sería recién afeitado?

Intenté no imaginármelo con barba de tres días. También intenté convencerme de que no tenía un fetiche con los rojos. Fracasé miserablemente en ambas cosas.

—Los de arriba, que esta es la forma de hacer las cosas, dicen. Se podían ir al infierno.

Yo ya estaba montándome una fantasía muy tórrida en mi cabeza. Me lo imaginaba entre mis piernas, musculoso, explosivo, con un lenguaje tan sucio que se me subían los colores de solo pensarlo. Inspiré profundamente y eché un trago para calmarme. Me miré disimuladamente el pelo para comprobar que seguía siendo del intenso azul oscuro de siempre.

—¿Y tú qué? ¿Está bien eso de ser jefa de brigada?

—¿Qué? —pregunté, distraída—. Oh, sí, no está mal. Buen sueldo, pero la mitad de los días los paso entre montañas de papeleo y rezándole al ventilador del despacho para que no se estropee.

—La gran vida.

Se echó el resto de la botella en el vaso y me lo ofreció para un pequeño brindis de consolación. Hicimos sonar las copas y me di cuenta de que la fuerte bebida que se estaba tomando era un refresco de cola. Aquel detalle mató un poco mi fantasía.

—¿Cuántos años tienes, Alek

—Atención unidades —me interrumpió el walkie que llevaba él en el cinturón. Lo puso encima de la mesa—, Tenemos un PE45 en el barrio de la alegría, repito, PE45 en el barrio de la alegría. Solicitamos refuerzos y una ambulancia. Hay un civil herido.

—Agente P16, voy para allá —respondió Aleksei. Me puse en alerta—. ¿Quiénes son?

—No he podido identificarlos, pero llevaban pañuelos y le han pemado el brazo. Eran seis, al menos un pilo.

Parecían los pirómanos, una banda de rojos, probablemente la más poderosa del distrito más pobre de la isla. No era mucho decir, pues en un sitio tan pequeño como Kahu las guerras entre bandas no eran a gran esca

—¡RAAAAHR!

Aleksei alzó el brazo, lo detuvo tembloroso en el aire durante un momento, y estampó el vaso contra la barra de madera, silenciando por completo el local. Su pelo se había vuelto más rojo de lo que yo había visto nunca, casi parecía estar ardiendo.

Miré su puño, que tenía un par de cristales clavados. Se los quitó con una mueca feroz. El camarero se quedó detrás de la barra, con el miedo en los ojos.

—Ttendrá que pag

—¡Lo sé! —le interrumpió él. Se sacó el último cristal y apretó el puño.

El intenso rojo de las puntas de su barba se tornó blanco. Toda esa energía pilomántica atravesó su cuerpo hasta su brazo, haciendo que el puño cerrado y tembloroso humease con un siseo. Aleksei no contuvo una exhalación de dolor mientras se quemaba la mano con su propio poder. La abrió, y las heridas se habían cauterizado por el calor. No eran las primeras quemaduras que veían sus callos.

Aquello no me puso cachonda. En absoluto.

Se sacó la cartera y le plantó un billete de veinte en la mesa. Recogió el walkietalkie y salió disparado hacia el aparcamiento.

—¡Ponlo a mi cuenta! —le dije al camarero—. ¡Vosotros tres, ya habéis oído!

—¡Jefa! —me llamó la atención Anna con el walkie en la mano mientras los otros dos terminaban de pagar—. ¿Qué cojones es un PE45?

—Secuestro a mano armada y pilomancia. ¡Y como no te aprendas de una vez los códigos te voy a mandar de vuelta a la academia!

Nos metimos en el coche ante la atónita mirada de los turistas. Me puse al volante y Mahui me acercó el comunicador mientras arrancaba. Vi salir a Aleksei en su estruendosa motocicleta, subiendo directo hacia el barrio de la alegría.

—¡Aquí Mila, los chicos y yo vamos para allá!

Arranqué un rugido al patrullero y seguí la estela roja y azul de la moto de Aleksei.

Iba a ser una noche movidita, pero no como había esperado.

2. RESCATE

Llegamos a la calle que conecta el barrio de la alegría con el paseo marítimo. Aleksei se había bajado de la moto y hablaba con los heridos, apretando los puños a los lados. El pobre matrimonio de mediana edad, que seguramente estaría de vacaciones, temblaba de miedo ante sus preguntas.

Normal que le tuviesen miedo, una panda de rojos armados acababa de raptar a su hija.

Bajamos del coche justo en el momento en que Aleksei terminó con ellos.

—¡Tranquilos, la ambulancia está en camino! —les dije, y chasqueé los dedos hacia Mahui—. Quédate con ellos, nosotros vamos con el rojo.

—A tus órdenes, jefa —respondió el añil con su voz dulce mientras bajaba el botiquín de primeros auxilios a toda prisa—. Tranquilícense, señores. Ahora voy a aplicarles un remedio y un relajante…

Dejamos al añil mientras usaba un poco de azul para calmar a la pareja. Anna cogió el rifle y nos pusimos los chalecos antibalas. Bernard le lanzó uno al rojo y después se colgó el motor portátil a la espalda.

—Conozco el lugar. Sé dónde están, —nos dijo Aleksei sacando su pistola y amartillándola con un movimiento seco muy sexy— y probablemente nos estarán esperando.

—Te seguimos —dije yo, preparando la mía. Escuché los martilleos de Bernard y Anna a mi espalda—. Preparaos para una emboscada… Aunque espero que no nos metas en una de cabeza.

—No esperes milagros. Vamos. ¡Eh, tú, vigílame la moto!

Mahui le dio el OK y empezamos la persecución por el barrio de la alegría. Nuestras pisadas dejaron de resonar al pasar sobre la tierra polvorienta de sus callejuelas estrechas. Apenas había farolas, y las que quedaban en pie estaban rotas, por lo que solo teníamos la escasa luz de la luna para guiarnos.

Aleksei de verdad se conocía el terreno, pero era un maldito temerario. Nos hizo atravesar un solar abandonado y con las enclenques paredes casi derruidas, nos subió a los tejados de chapa con cuidado y nos metió dentro de una casa en la que dormía una familia muy numerosa y harapienta.

El padre se despertó y Aleksei le enseñó la placa con un gesto muy peculiar. Nos ignoró durante los cinco segundos que tardamos en atravesar su maltrecha casa de una sola habitación.

Nos dejamos caer por una alta cornisa y salimos a un patio de tierra y hierbajos iluminado con lámparas de queroseno. No pudimos dar ni dos pasos antes de que se diera la alarma.

—¡La pasma! —gritó un hombre en uno de los tejados que nos rodeaban.

Aleksei, mira que te dije que no nos metieses de cabeza en una… Estábamos en medio de la nada, sin ninguna cobertura, y había pirómanos por todas partes. Era imposible no reconocer sus pañuelos rojos con aquella luz, sus pelos como el fuego y sus muecas de furia simiesca.

Por supuesto, todos estaban armados. En ese momento solo quería aplastarle la cara al rojo, pero mi entrenamiento se adueñó de mi cuerpo y acerqué a Anna y a Aleksei con un poderoso tirón.

Bernard encendió el poderoso motor con una chispa de pilomancia roja y éste empezó a rugir con fuerza. Sus mecanismos internos empezaron a girar a toda velocidad, creando un montón de movimiento que no iría a ninguna parte por sí solo. Planté la mano en el cacharro vibrante y consumí los enormes mechones de pelo rubio que escondía mi brazalete pilomántico para relocalizar toda esa energía cinética hacia fuera, formando un arco frente a nosotros. Bernard hizo lo mismo, enviándola a nuestras espaldas.

El escudo de energía consiguió repeler la lluvia de balas. El lugar se convirtió en una cacofonía atronadora.

Entre los disparos, el estruendoso choque del metal contra el escudo cinético, y el motor con la fuerza de la turbina de un avión, me dolía la cabeza como si me la estuviesen golpeando con un martillo.

—¡No tengo mucho rubio! —le dije a Bernard mientras Anna y Aleksei disparaban a los pirómanos. No consiguieron nada, estaban muy bien parapetados. El motor no aguantaría mucho a tanta potencia.

—¡Onda violeta de doscientos! —nos gritó él—. ¿Listos?

Yo no llegaba a alcanzar a su pelo a través del motor, había demasiados trasvases. Le pegué el codo al cuerpo y llegué a sus cabellos cruzando mi ropa, su ropa y su piel. Quemé doscientos pilos de su violeta y noté el subidón del color en mi cuerpo, igual que el que me daría una inyección de cafeína pura en vena. Todo el sueño y el cansancio desaparecieron como si los hubiese atropellado un camión.

Bernard consumió esa misma cantidad en sentido contrario y envió la energía violeta con el rubio que le quedaba, en una ola de sueño que me devolvió a la normalidad. Los pirómanos cayeron dormidos en el sitio. Paré el motor para no despertarlos. El solar quedó sumido en un silencio fantasmagórico. Aleksei resopló. Anna se cayó al suelo, también dormida.

—Ya casi no me queda rubio, jefa —me advirtió el violeta, que había perdido el color de una décima parte de su pelo. Tenía unas puntas blancas de unos dos centímetros—. Pero he dejado KO a todos en medio kilómetro a la redonda.

Yo me agaché y le di un sopapo a Anna. Abrió los ojos como si hubiese sonado el despertador al amanecer.

—Un ratito más…

Volví a darle un guantazo. Aquello la despertó del todo.

—¿No podías darme un chute?

—No voy a gastar el pelo de Bernard pudiendo despertarte así.

—¿Y el de tu brazalete qué?

Aunque el pelo de Bernard era gratis ya había abusado bastante de él. El de los brazaletes salía del escaso presupuesto para pelo de la unidad. Necesitaba una excusa.

—Quizás necesitemos más violeta. Vamos, démonos prisa, hay un pilomante suelto en alguna parte.

Con las armas en ristre, seguimos a Aleksei hasta el interior de aquella guarida de maleantes. Era un edificio grande para aquel barrio, lleno de mesas con una veintena de cabelleras rojas trabajando en ellas, dormidos tal y como estuvieran en el momento la onda de sueño los alcanzó. Sus fechorías habían quedado grabadas en sus posturas. Algunos habían intentado coger las armas y unirse a sus compañeros, otros guardaban montones de pelo muy corto en papel de aluminio. Cogí un poco de ese pelo con un mal presentimiento y lo acerqué a la luz.

Era morado, tal y como sospechaba. La puerta al mayor placer conocido en este mundo, y al mayor desagrado imaginable.

Anna abrió una puerta y me hizo una seña. Cinco personas de pelo morado, encadenadas y con trasquilones. Alcancé mi walkie.

—Aquí Mila, hemos encontrado una peluquería morada. Hay cinco morados, vamos a sacarlos de aquí. — Anna usó un poco de rubio para mover el mecanismo interno de las esposas, y los despertó con un par de contactos violetas—. Traed un equipo, creo que hemos pillado una buena banda.

Volví a la habitación principal y me guardé unas cuantas bolsas de morado en el bolsillo. Digamos que las confisqué.

Se abrió una de las puertas más alejadas de nosotros con un fuerte portazo. Alguien nos disparó.

—¡Al suelo!

Nos cubrimos detrás de las mesas. De aquella puerta salieron un hombre y una mujer rojos. Ella se parecía mucho a Anna, solo que no tenía el lado de la cabeza rapado, y llevaba a la chica recién secuestrada en el hombro.

—¡Pilomantes! —gritó Aleksei.

Los dos nos dispararon mientras se dirigían hacia la salida delantera de la casa. Anna devolvió el fuego como pudo. La pilomante alzó el brazo hacia nosotros. Reaccioné al instante con mi frialdad habitual.

Quemé las pequeñas hebras plateadas de mi brazalete y mi mente empezó a trabajar a toda velocidad, como si cada segundo se estirase lo justo y necesario para comprender todo lo que pasaba a mi alrededor, todo lo que necesitaba para reducir a aquella mujer que parecía querer prenderme fuego. Lo que necesitaba, bajo la influencia del plateado, parecía sencillo. Rubio para tocar a la pilomante a distancia. Una breve ráfaga dorada negativa para impedirle usar pilomancia. Gris para dispersar su atención. Mi propio azul para aplacar todas sus emociones. Una vez que estuviese aturdida, solo tenía que rematar con una ráfaga violeta para dormirla.

Salí del instante plateado y descargué la pilomancia sobre ella en esa rápida secuencia de colores. La mujer cayó al suelo al instante. El otro pirómano la miró, me disparó un poco, y se cargó la bolsa que se le había caído a ella al suelo. Placó la puerta y se marchó.

—¡Davidson! —gritó Aleksei con furia.

El maldito temerario echó a correr tras él. Yo me aseguré de que la chica estuviese bien. Estaba despierta y tenía puesta una mordaza. Su pelo era de un oscuro moreno teñido, pero las raíces moradas podían verse con total claridad. La tranquilicé con un poco más de mi azul.

—¡Os dejo al cargo! —les dije a Anna y a Bernard, y eché a correr tras él.

—¡Mila!

Iba a conseguir que lo matasen, estaba segura. Utilicé un poco de pelirrojo para ir más rápido y poder alcanzarle.

—¡Pelea, cobarde! —gritaba Aleksei—. ¡Davidson! ¡¿Es que no eres un hombre de verdad?!

El hombre se paró y se dio la vuelta. Llegué al lado de Aleksei y pude verle la cara al líder de los pirómanos.

Era alto y fuerte como Aleksei, pero llevaba el pelo y la barba más cortos. Su mueca de furia era casi animal y sus músculos se tensaban de una manera peligrosa. Era como una bestia rabiosa, un oso salvaje con un cabreo monumental. Fue a levantar el arma, pero yo aumenté su peso con un poco de castaño, utilizando el rubio que me quedaba para ignorar la distancia entre nosotros. La pistola de cuarenta quilos se le cayó al suelo.

—¡Morid, polis de mierda!

El pelo escarlata de su barba se volvió blanco de repente.

Aleksei me placó con una expresión de urgencia y me tiró al suelo, antes de que pudiese ver el brillo de la pilomancia roja a punto de estallar como una bomba incendiaria. Noté una ola de frío. Inmediatamente después, una explosión de calor y fuego nos envolvió. El frío estalló otra vez y ahogó el calor por completo.

Silencio. El mundo recobró su temperatura habitual.

Aleksei se levantó jadeando, su barba completamente blanca. Yo también jadeaba, con el corazón acelerado, con un subidón de adrenalina como no había sentido en mucho tiempo. Estaba viva, y parecía que mi cuerpo estuviese a tope, ardiente, con un chute comparable al del morado. Estábamos vivos. Me habían lanzado un infierno encima y aquel idiota no había dudado en tirarse encima de mí para salvarme la vida contrarrestándolo con una ola de frío de rojo inverso.

Los dos miramos hacia la calle envuelta en escarcha, pero ya era demasiado tarde. Lo habíamos perdido.

Él masculló una maldición con la respiración agitada, y no pude evitar admirar otra vez su temperamento ardiente. Aleksei me devolvió la mirada, acalorado. Solo necesité un vistazo hacia abajo para darme cuenta de que él estaba tan cachondo como yo.

—¿Qué? —dijo, apartando la mirada. Su erección era normal. Después de haber estado al borde de la muerte, era normal que su cuerpo quisiera eso. Era un instinto natural. No lo digo yo, lo dice la ciencia.

Yo también tenía ese instinto y ya me había dominado por completo. No existía nada más. Me acerqué a él, le agarré el culo y lo puse a medio palmo de mi cara.

—¿Quieres que follemos como si no hubiese un mañana?

Tras un instante de estupor, Aleksei resopló como un animal en celo.

—Joder, sí.

3. SEXO

Dejé a Bernard al cargo de todo y nos escapamos de allí lo antes posible. Me llevó en la moto a su casa, que estaba sorprendentemente cerca, y por poco no tira la puerta abajo de una patada para meterme en la cama. Cuando me quité el sujetador se quedó aturdido durante un instante, un breve instante. El tiempo suficiente para soñar que me arrancaba las bragas empapadas y me empotraba contra la primera superficie disponible.

Parpadeó un par de veces para salir de su estupor y me apartó para entrar al pequeño baño de su bungaló.

—Dame un segundo que coja un condón.

Le perseguí metiéndole la mano en los bolsillos traseros de los pantalones. Se miró en la puerta espejo del botiquín con una expresión de duda.

—¿Debería afeitarme, no?

Sí. Ni toda la líbido del mundo podría resistir aquella imagen de papá Noel que se le había quedado. Pero yo tenía muchísimas ganas de sentir la fuerza de sus empujones. Lo quería muy fuerte y lo quería ya.

—Quémate la barba.

—¿Qué?

Separé las manos de su culazo escultural y se la agarré. Estaba muy tenso y duro, pero era más pequeño de lo que me esperaba.

—Quémate. La. Barba.

El pelo se le encendió con un rojo muy intenso. Con una mirada de determinación que me hizo estremecerme, se pasó una mano por la barba y la prendió durante un fugaz instante. El pelo se consumió con un suave chisporroteo y un siseo que me puso más cachonda de lo que había estado en toda mi vida.

Le quité los pantalones mientras cogía el condón a toda prisa y le masturbé hasta la habitación, usando la mano libre para tocarme bajo las bragas. Me empujó sobre la cama deshecha y tiró el resto de su ropa a un rincón. Empezó a rasgar el envoltorio. Yo me quité las bragas y le dediqué mi mejor mirada lasciva. Di las gracias al estricto entrenamiento de policía por haber esculpido aquel cuerpo enorme y peludo. Parecía que su pecho estaba en llamas, pero la que estaba ardiendo era yo.

Al verme totalmente desnuda, dudó.

—Creo que no deberíamos hacer esto.

Oh, no, no iba a escaparse estando tan cerca. Me lamí un dedo y empecé a tocarme otra vez para hacerle cambiar de opinión. Terminó de rasgarlo y se lo puso con bastante maestría. Se subió a la cama y gateó hasta mí. Sus hombros y su cuello me hicieron morderme el labio y ahogar un gemido. Estaba sobre mí, en toda su gloria, y era mucho mejor de lo que siempre había imaginado.

Debí hacer caso a Anna mucho antes. ¿Cuánto tiempo llevaba fantaseando con esto?

—¿Cómo te gusta? —me preguntó, muy suave, como si se estuviese conteniendo—. ¿Cómo lo quieres?

Le agarré de la cabeza y le acerqué a mis labios.

—Duro y fuerte —exhalé. Le mordí el labio—. Quiero que me hagas gritar.

Tragó saliva.

—¿Segura?

—¡Joder, ¿te parece que esté de broma? ¡Venga! ¡Dame fuerte!

Nunca había estado tan empapada. Entró con una facilidad asombrosa. Al principio fue duro y seco, pero noté que se estaba conteniendo. Yo quería un rojo muy rudo que hiciese que me diera vueltas la cabeza, hacía mucho tiempo que fantaseaba con ello.

—¡Más, más fuerte!

Quemé un poco de azul de mis puntas para encender sus emociones. No tardó en volverse una fiera que gemía con fuerza. Entonces empezó a follarme de verdad.

Me dio la vuelta y me la metió hasta el fondo, agarrándome las caderas con una firmeza muy salvaje. Me embestía tan fuerte que su pubis me azotaba el culo con un sonido muy satisfactorio.

Me dio un buen azote de verdad. Me estremecí y se me escapó un gemido de placer inesperado. Se detuvo, destrozando por completo mi fantasía de sexo salvaje con un rojo aún más salvaje.

—¿Estás bien?

—Sigue, joder. ¡Dame más!

Me dio un azote más tímido.

—¡Dame fuerte!

—No quiero hacerte daño.

—¡Ya te avisaré yo si me duele! ¡Deja de contenerte y fóllame ya, joder!

Usé un poco más de azul. Me estampó la cara contra la cama y me folló con una ferocidad que superaba a mis fantasías. Me agarró el pelo y me obligó a mirarle. Uno de sus mechones empezó a decolorarse y el coño empezó a arderme por dentro.

No recuerdo mucho más. Se me empezó a nublar la vista, la cabeza, la todo. Tuve un orgasmo de esos te dejan temblando cuando acabas y que ridiculizan al resto de los que has tenido en tu vida. Balbuceé algo sin sentido mientras me acurrucaba a su lado. Estábamos ardiendo, jadeando, totalmente sudados y con una sonrisa de gilipollas irremediable.

Cuando recuperé un poco el sentido me di cuenta de que el pelo se me había vuelto violeta. El de Aleksei también estaba del mismo tono. Me asusté como nunca me había asustado en mi vida.

—¿¡Qué coño!? ¿¡Qué le ha pasado a mi pelo!?

—¿Qué, qué le pasa? —me preguntó él, medio adormilado.

—¿No lo ves? ¡Está violeta!

Me miró como si le hablase en otro idioma.

—Claro que está violeta. Eres isleña.

—¡Mi pelo siempre ha sido azul! ¡Azul puro! —cuanto más me alteraba y más furiosa me ponía, más se enrojecía mi cabello. Me iba a dar algo. ¿Cómo iba a salir a la calle con ese color?— ¡Jamás he dejado que llegue hasta el añil!

—Eh, eh, tranquila. Es normal.

—¿Cómo que es normal?

Aleksei se ruborizó.

—A las… a las más azules os pasa después de… una noche muy intensa. Tranquila, se te pasará en un par de horas.

—Pues yo llevo follando mucho tiempo y nunca me había pasado esto. —Claro que tampoco me había soltado tanto como esta vez—. ¿Estás seguro?

—Lo sé por experiencia.

El miedo desapareció de golpe. Suspiré de alivio, mirando al techo. Todavía sentía su cuerpo cálido contra el mío. Me había dormido la mitad inferior del cuerpo. Y sin embargo, esa fiera escarlata y salvaje se había convertido en un dócil osito de peluche violeta.

—Lo siento por haber sido tan duro.

Debo reconocer que no es para nada como me lo imaginaba. Vaya forma de chafarme la fantasía.

—Deberías disculparte por haber tardado tanto en soltarte —le dije, con poco de acritud—. Solo me faltaba ponerte un letrero.

Aleksei se rió, todavía ruborizado.

—Bueno, lo siento. Normalmente las azules tienen miedo de que me descontrole demasiado con ellas.

¿Las azules? Ah, no, no me engañas, aquí el único que tiene miedo de descontrolarse eres tú.

—Bueno, pues para la próxima no te contengas.

—¿Próxima?

Asentí con una sonrisa lasciva. Me mordí el labio de manera seductora y mis dedos caminaron lentamente por sus abdominales hasta ahí abajo.

—No creo que pueda —se disculpó con una sonrisa—. Estoy un poco cansado…

Se la acaricié con descargas de violeta. Me resultó muy extraño extraer de mi propio pelo un color que no fuese azul. No me importaba gastar un poco más las puntas, total, ya me tocaba ir a la peluquería.

—Adiós cansancio. Hola, rojo sexy.

Me senté sobre su pecho y le acerqué mis labios a su boca. Su pelo empezó a ruborizarse igual que su cara mientras se le ponía enhiesta.

—Así que estás acostumbrado a azules dóciles, ¿eh? Vamos a ver qué tal se te da debajo. Ahora me toca a mí ser la salvaje.

Tras la segunda ronda estaba tan agotada y satisfecha que no tuve ganas de salir de la cama. A Alek no le importó mucho que me quedase a dormir esa vez.

Tampoco le importó que me quedase todas las siguientes.

4. TESTOSTERONA

Conocimos al doctor Reverie en la cita semanal de Aleksei con su psicólogo.

Ya llevábamos un par de semanas revolcándonos en su casa o en la mía. Lo nuestro empezaba a parecerse a una relación. Aunque seguía con los parquímetros, ya era uno más en el Kahuna y la patrulla lo había adoptado como si fuese un perrillo abandonado. La isla estaba tranquila, en esa calma antes de la tormenta, con la temporada alta acechando en el borde del calendario. Ese lunes me había quedado a dormir en su casa y le acompañé un poco por aburrimiento. Me daba un poco igual, podía leer en cualquier sitio.

Aleksei entró a la consulta y yo me senté en la primera butaca que encontré. Tras unas treinta páginas, un hombre mayor de barba verde oscura me llamó la atención con un gesto. Era enjuto, llevaba unas gafas redondas bastante gruesas que le colgaban de la enorme nariz, una camisa isleña con estampados de palmeras y estrellas de mar, y, horror, llevaba sandalias con calcetines. Olía a turista a kilómetros.

—Perdone, ¿es usted la capitana Kiwua?

Aparté el libro y ladeé la cabeza. Era imposible que me hubiese olvidado de alguien tan extravagante.

—¿Nos conocemos?

—Su superiora me ha hablado de usted. Tome, tome mi tarjeta.

Me extendió una bonita tarjeta verde y blanca. Doctor Reverie, piloquímico.

—Su superiora me dijo que usted podría concederme una reunión pasado mañana. Sigue en pie, ¿verdad?

—¡Por supuesto! —Recordé que en mi agenda tenía apuntado "reunión con un investigador ilustre extranjero". Daba igual como le mirase, aquel hombre parecía un chiflado más que un eminente científico—. ¿Qué le trae por aquí? ¿Está de vacaciones?

—¿Su superiora no le ha puesto al día?

—Me temo que no.

—Oh, no se preocupe, ya lo hablaremos en nuestra reunión. Sí, se podría decir que estoy de vacaciones, aunque esté trabajando. Ahora en unos minutos tengo una cita con un viejo amigo, que me va a echar una mano con mi investigación.

En ese momento se abrió la puerta de la consulta y Aleksei se despidió del doctor con un fuerte apretón de manos. Su pelo estaba mucho más rojo que al entrar.

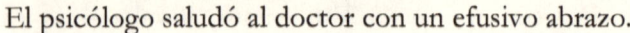

El psicólogo saludó al doctor con un efusivo abrazo.

—¡Maxime!

—Julien, ¡cuánto tiempo sin verte!

—Aleksei, espere —le detuvo el psicólogo—. Le presento al doctor Reverie. Maxime, este es uno de mis pacientes, aquel del que te hablé.

—Es un placer.

—Lo… mismo digo —respondió Aleksei, estrechándole la mano con fuerza.

—Maxime, lo siento pero tengo que cancelar nuestra cita. Tengo un compromiso ineludible.

—¿Comida familiar imprevista? —preguntó el doctor con tono jocoso.

—Funeral.

—Oh. Mis condolencias.

—Lo siento, pero tendrá que ser otro día. Ya lo concertaré con tu secretario. Aleksei, el doctor está buscando sujetos para un experimento que podría interesarte.

Alek alzó una ceja y escudriñó al doctor de arriba abajo.

—Pues mire, ahora me acaba de surgir un rato libre —comentó el doctor Reverie con una sonrisa bonachona—. ¿Le apetece que le invite a tomar un café?

Alek me miró con cara de pregunta, y yo me encogí de hombros.

—Vaya, veo que se conocen. Usted también puede venir, capitana Miwua. Así matamos dos pájaros de un tiro.

No vi razón para rechazar su oferta, así que se despidieron del psicólogo y nos fuimos a la cafetería más cercana. Era una pequeña terracita en el paseo marítimo, con unas grandes sombrillas que daban sombra a cuatro mesas a la vez. Tras pedir unos cafés y hablar un poco de los sitios de mayor interés turístico, el doctor Reverie nos explicó en qué consistía su investigación.

—¿Saben ustedes algo sobre piloquímica? Es el estudio de los compuestos que permiten los distintos tipos de pilomancia. No crean que estoy en esta isla por casualidad, no, he venido a estudiar a los camaleones como ustedes. Como ya sabrán, fuera de esta isla cada uno nace con sus colores, pero ustedes los isleños son diferentes. Vuestro pelo es el único que puede cambiar de color, y a todos os cambia en el mismo espectro.

»Y no solo eso. Este cambio de tono lleva también un montón de cambios comportamentales, que otros colegas han documentado. ¿Por qué, me pregunté? Fuera de esta isla, el color de pelo no determina la personalidad o el comportamiento. Sin embargo, ya saben ustedes cómo está dividida vuestra comunidad. "Tenga cuidado con los rojos, son irascibles y pueden llegar a ser agresivos". Sois enormes, musculosos, peludos y de voz grave, ¿no es así, señor Aleksei? Y las personas azules, por el contrario, son calmadas, sociables. Tenéis menor masa muscular, menos vello. Las diferencias temperamentales son abismales.

»¿Qué es lo que causa el cambio de color? ¿Qué explica esta correlación entre tono capilar y temperamento? ¿Por qué hay tantos hombres rojos y tantas mujeres azules, y tan poco de lo contrario? Tras varios años de ardua investigación, hemos hallado la respuesta.

»¿Sabían ustedes que un alto porcentaje de hombres azules y añiles fueron castrados cuando solo eran bebés? Por su falta de horror en sus rostros, veo que saben lo habitual que es esta práctica en la isla. Esta fue la clave para hallar el denominador común de todas estas variaciones: la testosterona.

»La testosterona es una hormona que todos tenemos en cierta medida, pilomantes o no, camaleones o no, tanto hombres como mujeres. Causa gran parte de las diferencias, tanto en el físico como en el comportamiento de ambos sexos. Los hombres tienen unos altos niveles de testosterona y las mujeres no. Las personas rojas tienen altos niveles también, y las azules muy bajos. Esta correlación se ha sostenido en todos nuestros estudios hasta el momento.

»Pero por supuesto, de nada sirve la ciencia si no encontramos una aplicación práctica a los descubrimientos que hacemos. Ya hemos comprobado que administrando testosterona, o fomentando su presencia, tanto el color como el temperamento de las personas tiende hacia el rojo. Pero esto no ayuda a la gente, por supuesto. ¿Quién querría ser rojo por voluntad propia? Está demostrado que los rojos son los causantes de tres cuartas partes de los crímenes, aún más si nos centramos solo en los crímenes violentos. Son infieles a sus parejas, irracionales, agresivos. Así que me pregunté cómo podía conseguir el efecto contrario.

»Mi experimento consiste en administrar unas dosis

controladas de ciproterona acetato. Es un antiandrogénico, reduce el efecto de la testosterona. En poco tiempo, hasta el pelo más rojo se convierte en un azul tan profundo como el suyo, capitana. También se reduce el nivel de agresividad, de impulso sexual descontrolado, de vello y del sebo que produce nuestro cuerpo, algo que afecta sobre todo a las mujeres rojas. Con un buen tratamiento, el criminal rabioso se vuelve un azul dócil y calmado.

»Por supuesto, tiene algunos efectos adversos, pero desaparecen tras interrumpir la medicación. Un pequeño precio a pagar por recuperar el control de su cuerpo.

»¿Qué me dice, Aleksei? En un par de semanas, no habrá más estallidos, no más agresividad descontrolada. El mundo dejará de verle como un rojo descontrolado, y ayudará a que otros rojos, incapaces de controlarse, escapen de las garras de la química de su propio cuerpo. ¿Qué me dice?¿Estaría interesado en participar en mi experimento?

ALEKSEI

5. TESTOSTERONA

Apreté los puños bajo la mesa. Pude sentir la mirada expectante de Mila.

—¿Que qué le digo? —Me hervía la sangre. Mi pelo se volvió del rojo más intenso—. ¡¿Que qué le digo?! ¡Le digo que quiero conseguir un mundo en el que los rojos puedan ir por la calle sin que les tachen de criminales y violadores! ¡Un mundo en el que no se vea como algo normal que los rojos solo sepan usar la violencia como forma de relacionarse con los demás! ¡¿Sabe usted lo que es la profecía autocumplida, cabrón cientificucho de mierda?! —le espeté, envuelto en una furia ardiente—. ¡Tratáis a los rojos como criminales, ¿y os sorprende que acaben convirtiéndose en eso?!

Me levanté de la silla y apoyé los puños en la mesa con un severo golpe contra la madera.

—¡Pero claro, droguémoslos! ¡Así se convertirán en azules, porque los rojos son malos e incivilizados por naturaleza! ¡Usemos la testosterona como excusa de su comportamiento, y así nadie se sentirá mal por no hacer nada por ellos! ¡Es culpa de la biología, de la química o de lo que usted quiera, mientras no sea culpa vuestra! ¡Culpa de todos los putos azules que nos miran como si fuésemos bestias! ¡Culpa de todos los que piensan que no se puede ser rojo y a la vez ser una persona decente y civilizada!

Volví a golpear la mesa, sin llegar a romperla. Todo el mundo me estaba mirando, pero me daba igual.

—¡Si en vez de encerrarnos en barrios de chabolas con nombres bonitos, apartarnos de los trabajos dignos, señalarnos con el dedo, y llamarnos criminales por no saber controlar nuestro temperamento nos enseñaseis a controlarlo! ¡Pero claro, ¿para qué intentarlo?! ¡Es nuestra naturaleza, ¿verdad?! —Ya estaba vociferando con tanta fuerza que no tardarían en llamar a la policía. La gente se apartaba de mí. El condenado doctor conseguía parecer estoico, pero yo podía ver el miedo escondido en su rostro—. ¡Pues que sepa que estoy muy orgulloso de ser rojo! ¡Estoy orgulloso de ser como soy, y soy la prueba viviente de que somos capaces de controlarnos y canalizar nuestra ira! ¡¿Que qué le digo a que consolide todos los prejuicios y quiera quitarme mi identidad como rojo, mi forma de vida como rojo tan válida como la suya y la de cualquiera?! ¡Le digo que se meta su puta química por el culo y haga algo para ayudarnos de verdad!

Agarré la mesa y solté un poderoso alarido para no tirársela encima.

—¡Y disculpe que le esté gritando e insultando, pero es la forma que tengo contener mis ganas de estrangularle! ¡¡Que tenga muy buenos días!!

Solté la mesa con una exhalación rabiosa, aparté la silla de un empujón y me marché apretando todos los músculos con fuerza. Descargué mi ira dando patadas al aire.

—¡Alek!

Mila me siguió hasta la moto aparcada frente a la clínica. La cogí con fuerza y le planté un beso salvaje mientras le manoseaba el culo de manera más salvaje aún.

—Tengo unas ganas de follar enormes —le confesé con una mueca furiosa.

Me costaba muchísimo no arrancarle la ropa y hacérselo allí mismo, pero por supuesto que podía controlarme. A ella le encantaba que me pusiese así.

—Vamos a mi casa —me respondió con una de sus miradas lascivas—. Está más cerca.

6. SEXO

Cuando me acuesto con Mila suelo controlarme incluso cuando ella me siente más salvaje. Sin embargo, esa tarde no hice ningún intento de contener mis impulsos. Recuerdo pensar que ella estuvo muy elocuente porque yo no pude articular palabra. No quise. No sé. No había estado tan furioso en mi vida. No recuerdo nada más que una breve pero intensa sesión de sexo desenfrenado. Me avergüenza admitirlo, pero... estuvo bien.

Durante las embestidas, los azotes, los fuertes agarres, con esa forma de moverla de un lado a otro como si fuese una muñeca de trapo... disfruté. No me preocupé por si le hacía daño, por si le estaba haciendo disfrutar, por lo que quería hacer ella. Y en ese momento no me importó nada.

Me comporté como un animal hasta que terminé como un animal.

Después me di cuenta de lo que había hecho. Me acurruqué junto a ella, los dos con el pelo tirando a violeta, y noté los estragos que había hecho en su piel. Tenía el cuerpo lleno de moratones con la forma de mis dedos, algunos arañazos, toda la parte baja enrojecida… y un buen mordisco en el cuello. Quise darme un puñetazo en el estómago. ¿Tanta terapia y tanto autocontrol no habían servido para nada?

—Lo siento por haberme puesto así.

—Bromeas, ¿verdad? —me dijo con una carcajada suspirada—. Ojalá fueses siempre así de salvaje.

Ojalá nunca fuese así de salvaje. Intenté reír un poco y me apreté más contra ella, pero eso no fue suficiente para sacarme la inquietud del cuerpo.

—¿Te he hecho mucho daño?

—Nah. Ya verás cuando le enseñe estas marcas de guerra a Anna.

Me revolví un poco, pegado contra ella. Nunca me había sentido más desnudo y vulnerable en toda mi vida. La miré intentando no esconderme. Me había oído gritar mi razón de ser a los cuatro vientos mientras estaba a punto de romper una mesa. Y después me la había llevado a su lujosa casa para desahogar mi rabia.

Al principio había sido como con todas. El sexo era la mejor forma de canalizar mis impulsos de manera controlada, aun así muchas veces les hacía daño sin querer y se hartaban de que las utilizase para eso. Pero ella… ella lo compensaba utilizándome también.

—Oye, Alek… quiero disculparme contigo.

La miré a los ojos sintiéndome muy vulnerable. A pesar del rubor de sus mejillas y su respiración agitada, parecía triste.

—¿Por qué?

—Después de lo de esta tarde… Me siento mal.

—¿Después de esto? —sonreí, intentando quitarle hierro al asunto—. Pensaba que te había gustado.

—Claro que me ha gustado, idiota. Me refiero… es difícil de explicar. Lo que tengo claro es que soy una imbécil.

—¿Y eso por qué?

—Porque me empecé a acostar contigo por lo que pensaba de ti.

—¿Y qué pensabas?

—Lo mismo que ese gilipollas de antes. —Mila se acurrucó a mi lado, con carita culpable—. Me interesé por ti porque pensaba que eras un salvaje, un violento, y un insaciable. En palabras de Anna, pensaba que serías alguien para darme un buen meneo.

Sonreí por lo bajo.

—Ya lo sabía.

Se quedó bloqueada. Se apartó un poco.

—¿Qué?

—Mila, sé lo que piensa la gente sobre mí y los rojos. ¿Crees que eres la única azul que ha vivido toda su vida entre algodones y quiere satisfacer sus fetiches de dominación con un rojo como yo?

—¡Lo mío no es un fetiche de dominación!

La miré con una ceja alzada. Ella concedió.

—Vale, vale. ¿Y no te importa?

—Claro que me importa, pero no es nada nuevo. Por favor, si lo que me sorprendería es que alguien no me tratase como un delincuente. ¿A ti te molesta que te use como forma de canalizar mi violencia?

Me acarició la barba con un ronroneo.

—Oh, Alek, tú puedes canalizarme lo que quieras. Pero… ¿en serio no te molesta?

Claro que me molestaba. Pero, ¿quién era Mila? Una chica que había vivido toda su vida mirándonos como los otros, y que se ganaba la vida encerrando a rojos.

—¿Sigues pensando en mí de esa forma?

—Claro que no, y me siento mal por haberte visto de esa manera. Tengo todos esos prejuicios por los que querías romperle los dientes a ese de antes. Pero tú has roto todos esos prejuicios con ese discurso de antes que me ha puesto tan cachonda.

Me gustaría decir que no soy el único que los rompe. Pero muchas veces sentía que entre los míos yo era la excepción. Me sentí un poco aguafiestas, pero no estaba emocionalmente preparado para una de las salvajes segundas rondas de Mila.

—Mila, ¿qué somos? ¿Qué soy para ti?

Ella volvió a quedarse bloqueada. Se sentó, se apartó el pelo violeta con evidente disgusto por el color, y suspiró.

—¿De verdad estamos teniendo esa conversación ahora?

—No, si de verdad no quieres, no. Lo siento, quizás no es el momento, es solo… hoy me has visto como lo que soy.

Era una de las personas más temidas del paseo marítimo. En mis rondas todos se apartaban a mi paso, y podía ver el miedo en sus ojos cuando me paseaba por allí de paisano. Y en ese momento yo estaba temblando por dentro. Quizás fuese por mi pelo violeta, pero si tenía que preguntarlo, prefería tener la cabeza despejada de testosterona.

—Ahora ya me conoces bastante bien. ¿Qué es lo que quieres que haya entre nosotros?

Ella agachó la cabeza. Acarició un poco las sábanas.

—¿Y qué quieres tú, Aleksei?

—No sé. Me gusta lo que hacemos, pero…

Frunció el ceño, pero no dejé que eso me detuviese.

—¿Mila, tú quieres continuar con esto, ahora que ya sabes cómo soy? ¿Ahora que sabes que te estoy utilizando?

—Si nos ponemos así, yo también te estoy utilizando.

—¡Ya sé que me estás utilizando! Tú me utilizas, yo te utilizo. No me parece sano, pero al menos creo que es justo. —Pude notar el rojo subiéndome a los cabellos—. Lo que te pregunto es que si te parece bien que solo sea eso lo que hay entre nosotros.

Mila fue a decir algo, pero entonces sonó el teléfono. Hizo amago de cogerlo, pero me miró.

—¿Te importa?

Me encogí de hombros y ella le dio a un botón.

—¿Sí?

—¿Hola? ¿Eres la policía peliazul bajita?

Esa voz…

—¿Quién es usted?

37

—Alguien a quien no hay que tocarle los cojones, policía.

Era él. Se escuchó un pequeño forcejeo y una voz asustadiza, casi infantil. Sollozaba. Aquello me daba muy mala espina.

—Ni hijas, ni hermanas, ni sobrinas, ni nada, peliazul de las narices. Me ha costado mucho encontrar familia tuya en la isla. Dile hola a tu primita.

Solo podía oírse un llanto ahogado y aterrado.

—Venga… ¡Dile hola a tu primita!

Un golpe. Seco, no un sonoro bofetón, más como un manotazo en el cuerpo. Un grito de dolor.

—¡Dilo!

—¡Por favor, ayuda!

El pelo de Mila llegó al burdeos. Se encendía poco a poco, como una mecha a punto de estallar.

—¿¡Quién eres!? —dijo ella, aparentemente calmada pero con una intensidad heladora.

Davidson. Por supuesto que era Davidson, aunque no dijese nada.

—Te espero en la terraza del Royal Plaza. Si quieres volver a verla, ven pronto, sola. Como vea a un poli, la mato. Tienes media hora. Si no apareces, ella tampoco aparecerá.

—¡Mila por favor ayúdame!

Colgó.

Mila se quedó de espaldas a mí. No pude ver su expresión, pero su pelo se volvió escarlata. Al girarse para coger su ropa vi su falta de emociones en el rostro y me asusté.

—Mila…

No respondió. Se vistió a toda prisa y yo hice lo mismo. Mila ni siquiera había visto su pelo cambiar de color antes de conocerme. Solo Dios sabía lo que era capaz de hacer en ese estado.

Abrió un cajón lleno de bolsitas de pelo morado que algún día le traerían problemas con sus superiores y sacó una pistola y un guante forrado por dentro de pelo de muchos colores. Cargó el arma en completo silencio, inexpresiva, y se puso el guante pilomántico.

—Eh, Mila, ¡Mila!

Conseguí detenerla durante un instante. Su mirada seguía siendo de hielo. Yo cogí su arma reglamentaria y su brazalete pilomántico policial.

—Voy contigo.

7. RESCATE

—He pedido refuerzos.

—No voy a necesitarlos.

Mila atravesó el hall del hotel como si fuese el espectro de la muerte. Uno de los encargados hizo un amago de detenerla pero le aparté usando su placa. Tal como estaba podría pegarle un tiro en la cara a cualquiera que se interpusiese en su camino.

La gente nos miraba con miedo. Sobre todo a ella. A pesar de su rostro frío, era imposible ignorar el instinto asesino que rezumaba de su mirada. Era como nitrógeno líquido. Una familia de turistas se apartó como si de verdad estuviese ardiendo.

Ella los ignoró a todos y se dirigió hacia la terraza del bar del hotel, justo al lado de la piscina. En aquel paraíso estaba a punto de desatarse el infierno. Los huéspedes tomaban el sol en las tumbonas, embutidos en sus trajes de baño modernos de dos piezas. Los niños jugaban en la piscina. Los mayores fumaban despreocupadamente con un cóctel en la mano. Los empleados del hotel iban de un lado al otro como sombras elegantes y silenciosas. Evitaban una zona en concreto, una mesa con dos personas bajo una sombrilla, cerca de la piscina.

Davidson, por supuesto. Se había cortado el pelo y se había afeitado la barba, pero reconocería esa figura, esa actitud suya de dueño de un mundo al que odia. La muchacha que se sentaba a su lado era la viva imagen de Mila, más jovencita y con el pelo añil. Miraba a todas partes con evidente nerviosismo y tenía el miedo escrito en la cara. Él tenía una mano en su regazo. No podía ver la otra, pero no estaría desarmado.

Nos vio. Estábamos lejos y Mila se acercaba hacia él, pero no nos reconoció. Por supuesto que no, estaba esperando a una policía azul, no a una perturbada escarlata. ¿Y ahora qué, Davidson? Ni él mismo lo sabía. Le conocía demasiado bien, y estaba seguro de que no tenía ninguna clase de plan. Improvisaría como siempre, y todo el mundo correría peligro. No tenía esperanzas de que mi viejo amigo cambiase y siguiese mis pasos, pero al menos esperaba que viviese su vida sin meterse en muchos líos. Solo en ese momento se me había revelado como un monstruo, con la venganza grabada en su mirada y el terror en la de la muchacha. No tendría ninguna cicatriz o quemadura a la vista, pero las habría. Seguro que las habría.

Mila se ajustó el guante y siguió caminando hacia él. Su pelo brilló como el fuego mismo. Tenía que actuar. Potencié el pelirrojo del brazalete con pelo dorado para aumentar la velocidad de mi cuerpo. Hice lo mismo con el plateado para que mi mente pudiese seguirle el ritmo a mi cuerpo.

El mundo se paró casi por completo, congelado en el tiempo.

Corrí más rápido que la percepción del ojo humano. Arranqué a la chica de las manos de Davidson con cuidado y la cargué al hombro, paralizada como todos los demás. Mientras se me agotaba el dorado y volvía a la velocidad aumentada del pelirrojo que me quedaba en el brazalete, Mila mutó su expresión a una de sorpresa.

—¡Aleksei, cabrón! —El rugido de Davidson atrajo la atención de todo el hotel a excepción de Mila, que estrechó a su prima aturdida entre sus brazos.

—¿Estás bien, te ha hecho daño? ¿Qué te ha hecho?

La pequeña no tendría más de quince años. Se echó las manos para taparse la entrepierna.

—¿Qué qué le he hecho? —gritó Davidson, sacando la pistola como si estuviésemos en los barrios bajos. La gente huyó despavorida al instante, creando un caos sobre el que tuvo que alzar la voz. Su sonrisa era la de un auténtico monstruo—. ¡¿Sabes lo que es un pistón caliente, zorra?!

Me quedé paralizado ante lo que le había hecho. Miré horrorizado a la pobre muchacha y a Mila, que no comprendía sus palabras y que si Dios era justo jamás tendría que saber a qué clase de tortura había sometido ese monstruo a su prima. Mi cerebro me dio un bofetón al recordar que Davidson tenía una pistola.

Quemé rubio, alargué la mano y apunté a la pistola con un poderoso impulso rojo. El arma se calentó como el interior de un horno... pero Davidson estaba muy acostumbrado a tener la piel al rojo vivo.

El disparo me quitó la respiración y se la arrancó a Mila. El arma cayó al suelo con una blasfemia.

Me giré y vi a Mila de rodillas, con la mano en su muslo herido. Su mirada fría estalló en llamas. Sentí un terror profundo por su alma cuando vi como alzaba la mano enguantada en una dura garra. Sus músculos se tensaron al levantar a distancia los noventa kilos de Davidson en el aire.

Mila se incorporó y cojeó hacia él, que boqueaba e intentaba quitarse la tenaza que le ahogaba a diez metros de distancia. Ella sacudió el brazo y lo estampó contra la mesa con fuerza. Una y otra vez, como si moviese los hilos de una marioneta que nada podía hacer para resistirse. Después lo arrastró, sin aflojar su cuello, y lo metió en el agua. Lo hundió. Sujetó su garra con la otra mano para mantenerlo abajo y siguió cojeando hasta el borde de la piscina.

—¡Mila!

Soltó la mano y dejó que sacase la cabeza. Una cuarta parte del pelo de Mila se blanqueó al instante y el agua se convirtió en un bloque de hielo. Davidson estaba rojo por la asfixia, boqueaba y respiraba desesperadamente, con el hielo a la altura del cuello.

Durante un instante, el instinto de supervivencia afloró en su cara, una mueca de desesperación. Después la miró y se rió.

Aquel monstruo se rió.

Mila bajó a la piscina y se acercó a él. Resbaló y se cayó de culo. Davidson soltó una carcajada furiosa. Ella gritó de frustración y le dio una patada en la cara desde el suelo, pero no fue suficiente para enmudecerle. Se puso de rodillas frente a su cara. Eché a correr hacia ella.

—¡Mila, no lo hagas!

Se quitó el guante. Le plantó las dos manos en la cara. No, por favor, no. Eres mejor que eso.

—¡No dejes que te domine! ¡Mila, puedes controlar tus impulsos!

No llegué a tiempo. Ella selló el pacto con el Diablo y la mitad de su cabellera escarlata se volvió blanca.

Davidson chilló de dolor cuando le derritió la piel de la cara.

8. COMPAÑEROS

El Kahuna era una trampa para turistas, lo supe desde el momento en que puse un pie dentro. Sin embargo, tenía algo especial que atraía a los policías como polillas que van hacia la luz. Quizás fuese por la iluminación suave, por la buena bebida o por lo a gusto que se estaba tras un duro día de trabajo, todavía no lo sé. Pero esta versión diluida y casi insultante de nuestras tradiciones Kahu tenía algo que conseguía encandilarnos a todos.

Mahui lo adoraba por sus deliciosos cócteles sin alcohol. Anna porque era un buen sitio para cazar "tíos buenorros de vacaciones que quieran un buen meneo sin compromisos". Y Bernard… Bernard al parecer tenía una cuenta demasiado grande que saldar con el local y cualquier intento de pedir una copa en otro sitio sería considerado alta traición.

Me habían hecho un hueco en su mesa y en su equipo desde que Mila y yo empezamos a acostarnos. Eran buena gente. Anna se me insinuaba bastante a menudo, pero creo que estaba de broma. Al menos un noventa por ciento de las veces.

Esa noche estábamos bebiendo tras un día tranquilo y sin incidentes. De repente el añil se levantó a abrazar a una mujer con muletas y media cabeza rapada.

—¡Mila!

Los demás alzamos nuestras bebidas y la acogimos en nuestra mesa. Estaba fatal, y se le notaba muchísimo, pero pusimos nuestra mejor sonrisa. Me quedé estupefacto al ver otra vez su profundísimo tono azul, aunque fuese solo en la mitad de la cabeza. Anna y yo le hicimos un hueco y se sentó pesadamente con un profundo resoplido.

—¿Qué tal, chicos? —Ella estaba cansada y un poco demacrada. Pero el pelo le había vuelto a su color habitual, y se había deshecho del blanco que yo le había visto la última vez—. ¿Qué os contáis?

—¿Cómo que qué nos contamos, jefa? ¡¿Qué te cuentas tú?!

Anna le dio un suave manotazo en la espalda y de paso pidió algo al camarero con un gesto.

—¡Que sea sin alcohol! —aclaró Mila—. Ya no soy vuestra jefa, chicos.

—Mira, jefa —le dijo Anna con una sonrisa de oreja a oreja—, cuando me convierta en la líder de toda la policía de la isla todavía seguiré llamándote jefa.

—Brindo por eso —dijo Mahui, chocando su vaso de cerámica con forma de ídolo Kahu—. ¿Qué tal la pierna?

Mila puso una buena sonrisa.

—Mejor, ya solo me queda una semana de llevar esto —se dio un golpe en la venda—. Y hoy me ha llamado mi tía. Dicen que la reconstrucción ha ido muy bien y que no le quedarán secuelas... físicas.

El camarero llegó justo a tiempo y Mila le dio un largo trago a lo que fuera que le hubieran puesto. Hizo una seña para que le trajesen otro.

—¿Podemos hablar de otra cosa?

Estuvimos charlando un rato más. Cuando iba a levantarme para pagar, Mila me retuvo en la mesa.

—¿Puedo invitarte a una copa?

—Claro.

—¿Nos vamos a la barra?

Cojeó hasta allí y se sentó en uno de los taburetes. Pidió una ronda más al camarero, y yo le dije que me sirviese lo mismo que a ella. Me temía una conversación para la cual no me vendría bien el alcohol.

—¿Cómo va todo? —me preguntó ella, sin mirarme.

—Bien, bien... Fui a verle, ¿sabes? No creo que vaya a salir en una buena temporada.

—¿En serio fuiste a verle?

Aparté la mirada.

—Le conozco desde que éramos pequeños. Su madre me lo pidió, y no pude negarme.

Ella tamborileó despacio con los dedos. Los dos necesitábamos algo de beber, algo en lo que poder concentrarnos ante las preguntas incómodas. Llevaba bastante tiempo sin verla.

—Te sienta bien el pelo así —le dije, a falta de que se me ocurriese algo mejor.

—Gracias.

Sus reflejos eran un poco más lentos. Cogió la copa con suavidad y dio solo un pequeño sorbo. Sus ojos estaban más templados, había perdido esa frialdad característica.

—¿Por qué te llaman Calientamanos, Aleksei? —me preguntó de pronto.

Di un trago largo. El camarero no tardó en rellenarla.

—Le quemé los dedos a unos pandilleros que se resistieron. Quemaduras de primer grado. Tuve que hacerme cargo de sus gastos médicos.

—¿Así acabaste en parquímetros?

Me encogí de hombros con mi mejor sonrisa bonachona. Los dos bebimos un poco más.

—Me alegra ver que has vuelto al azul.

Ella solo asintió, en silencio, sin mirarme.

—¿Cómo lo haces? —me preguntó tras una larga pausa—. ¿Cómo puedes vivir rojo todo el tiempo, y aun así ser una de las mejores personas que conozco?

—Yo…

—Una hora roja y he estado a punto de matar a alguien, me han suspendido de empleo y sueldo, y mi prima no quiere volver a ver al monstruo en el que me he convertido. Pero eso es tu vida. —Bebió, con los ojos cerrados. Su voz había sonado monocorde, carente de pasión o emoción—. ¿Cómo puedes controlarlo?

—Todos podríamos controlarlo, si nos enseñasen. Sé que es difícil, pero se puede. Tú lo has hecho, ¿no? Has vuelto a tu azul.

Ella apartó la mirada. Se llevó la mano a uno de los bolsillos y sacó un bote de pastillas. Pude leer la etiqueta, donde ponía claramente "Ciproterona Acetato". Las guardó enseguida, sin mirarme a los ojos. Echó otro trago, muy pequeño. Como esperando.

—Ahora soy una patata en la cama —me dijo, con una risa ahogada—. La medicación me deja con cero libido.

Miré a esa Mila distinta que tenía ante mis ojos. Su mundo se había vuelto del revés en un día. Estaba pagando las consecuencias de un momento de debilidad. Había vendido su alma y el Diablo no la devolvía así como así. Lo único que quedaba de la Mila que conocí era el profundo azul de su pelo.

—¿Por qué lo has hecho? —le pregunté, sin intentar acusarla.

Pero sabía la respuesta, al menos aquella parte que jamás me diría. Miedo al descontrol. Intentar volver a lo que era antes del estallido. Poder reconocerse al mirarse al espejo.

—Mi madre era azul. Mi abuela era azul. No ha habido ni un cabello violeta en mi árbol genealógico cercano. Nos enorgullecemos de nuestro color, de lo que significa. Y…

No hacía falta que lo dijera. No quería ser la vergüenza de la familia. Podría ocultar lo de las pastillas durante mucho tiempo, y justificar su estallido rojo por la situación límite. A cambio solo tenía que soportar esa carga en silencio.

—Lo siento.

—¿Por qué te disculpas, Mila?

—Porque estoy traicionando todo en lo que tú crees.

No podía culparla. Entendía por qué lo había hecho. Pero no podía dejar de preguntarme, como tantas otras veces, si acaso yo era el único rojo que podía dominar esos impulsos. Aquella idea me aterraba, pues significaba que el resto no podría controlarse sin ayuda. No quería pensar en esa posibilidad. Yo no podía ser diferente del resto, yo era la prueba de que todos podían cambiar. No podía ser la excepción que confirmaba la regla. Recé por que ese no fuera el caso.

—Te perdono.

Aquello consiguió sacarle una triste sonrisa. Los dos bebimos un poco más. Ella suspiró para cortar el silencio.

—Supongo que es hora de cortar... lo que sea que haya entre nosotros, ¿no? Era solo sexo al fin y al cabo, y parece que no voy a tener interés por eso en una buena temporada.

—A menos que quieras intentar una relación sentimental. Una más sana que utilizarnos mutuamente, quiero decir —respondí yo. Ella me miró, aturdida, como si no pudiese creerlo. Pero yo entendía por lo que estaba pasando, lo comprendía. Y la aceptaba, con pastillas o sin ellas—. No tendríamos por qué hacer nada de cama.

—Suena bien. Supongo que siempre tendrías la opción de acostarte con otras para satisfacer tus necesidades.

Me atraganté.

—¿Qué?

Ella recuperó un poco de su brillo habitual.

—Por favor, Alek, que ya estamos en el siglo diecinueve. Creo que con este peinado soy lo bastante moderna como para llevar una relación abierta. Tú tienes unas necesidades que yo no puedo satisfacer, no ahora. ¿Cómo vas a canalizar tu ira si no?

Aquello me enfadó un poco.

—¿Qué crees que soy, un animal? No son necesidades. Son impulsos, que puedo y quiero controlar. Si estuviésemos juntos no me acostaría con otras por impulso, lo haría si fuese una decisión premeditada.

Eso hizo que se riera.

—¿Y qué va a pasar con tu ira?

Me quedé congelado. Me lo pregunté de verdad, mirando el fondo del vaso de cristal.

—Llevo demasiado tiempo usando el sexo como vía de escape —comprendí—. Quizás… sea hora de intentar otra forma de canalizar mi agresividad. Una en la que no tenga que utilizar a nadie.

Ella soltó una leve risa y me miró con su malicia habitual.

—Eso es muy maduro por tu parte, Alek. Cuidado, que se te ve el violeta.

Respondí con una risa salvaje y apuré el vaso de un trago.

—¡RAAAAHR!

Noté la descarga de testosterona que me enrojeció hasta las puntas del pelo. Estampé el vaso contra el suelo con una sonrisa feroz. Todo el mundo se quedó mirándome y yo alcé las manos de forma conciliadora.

—¡Uy! Se me ha caído al suelo.

Mila estalló en carcajadas y le hizo un gesto al camarero.

—Ponla a mi cuenta. Había dicho que le invitaría a una copa.

ÍNDICE

MILA

ALEKSEI

SOBRE EL AUTOR

Me llamo Guillermo Jiménez Cantón. Nací en 1995, actualmente vivo en Madrid, y llevo escribiendo desde los catorce años. Soy graduado en psicología, y esta es mi primera obra publicada.

Por ahora llevo adelante el blog Lecturonauta (https://lecturonauta.wordpress.com/), en el que escribo artículos sobre escritura, fantasía y una pizca de psicología. También escribo novelas largas y no tan largas, incluyendo una novela corta ambientada en la Austria barroca de este mundo con pilomancia.

Si quieres contactar conmigo por cualquier cosa, puedes hacerlo enviándome un correo a guillermojican@hotmail.es

AGRADECIMIENTOS

En primer lugar quiero agradecer a Elia Barceló, porque aunque no lo sepa, me inspiró para convertir una parte del temario de Psico-logía de la personalidad (en concreto, factores biológicos) en un ejercicio de estructura narrativa a través de una historia. También a Brandon Sanderson, aunque no pueda leerlo, ya que el sistema de magia de su "Nacidos de la bruma" ha sido la principal inspiración en la creación de la pilomancia.

Después estaría mi fantástica lectora beta de cabecera, Elena, que después de mucho tiempo, ha conseguido convencerme de que lo que escribo vale lo bastante para pagar por ello. Gracias también a Jadi y a Marta, por ayudarme a refinar el texto de manera que se entienda qué demonios está pasando en la historia. Marta, además, es la maravillosa ilustradora que ha dado un rostro a este relato, y le doy las gracias hasta el infinito por lo bien que ha quedado.

No me olvido de Gabriella Campbell y Ana Gonzalez Duque, dos escritoras independientes que me han enseñado que se puede autopublicar, y lo más importante, cómo hay que autopublicar. Sin vosotras seguiría esperando una oferta editorial, a saber por cuántos años más, en vez de mover el culo y ponerme a trabajar para conseguir mi sueño.

Y finalmente, quiero darte las gracias a ti, por darme tu voto de confianza. Espero no haberte decepcionado. Lo único que te pido a cambio, si te ha gustado la historia, es que le hagas una reseña, ya sea en Amazon, en Goodreads, o en tu propio blog. ¡Si la escribes, házmelo saber! Estaré encantado de leerla.

www.ingramcontent.com/pod-product-compliance
Lightning Source LLC
Chambersburg PA
CBHW020602130626
46552CB00007B/3004

* 9 7 8 8 4 6 9 7 4 0 4 1 5 *